Rainer Maria Rilke

Traumgekrönt

Band I.: Neue Gedichte

Rainer Maria Rilke

Traumgekrönt
Band I.: Neue Gedichte

ISBN/EAN: 9783743496170

Hergestellt in Europa, USA, Kanada, Australien, Japan

Cover: Foto ©Andreas Hilbeck / pixelio.de

Manufactured and distributed by brebook publishing software (www.brebook.com)

Rainer Maria Rilke

Traumgekrönt

BAND I.

Traumgekrönt.

Neue Gedichte

von

René Maria Rilke.

Motto:
„Pfadschaffend naht sich eine grosse
Mit neuen Göttern schwangre Zeit."
(Zoozmann. Episoden.)

LEIPZIG.
VERLAG VON P. FRIESENHAHN.
1897.

Motto: „Mein ist die Welt, mein die Gestirne...."
(Zoozmann „Zwischen Himmel und Erde.")

Königslied.

Darfst das Leben mit Würde ertragen,
Nur die Kleinlichen macht es klein;
Bettler können dir Bruder sagen
Und du kannst doch ein König sein.

Ob dir der Stirne göttliches Schweigen
Auch kein rothgoldener Reif unterbrach, —
Kinder werden sich vor dir neigen,
Selige Schwärmer staunen dir nach.

Tage weben aus leuchtender Sonne
Dir deinen Purpur und Hermelin,
Und, in den Händen Wehmut und Wonne,
Liegen die Nächte vor dir auf den Knien....

Richard Zoozmann

in treuer Verehrung

zu eigen:

René Maria Rilke.

Träumen.

Motto:
„Froh wirft im gold'nen Aethermeere
Die Phantasie die Anker aus . . ."
(Zoozmann, „Zwischen Himmel und Erde.")

I.

Mein Herz gleicht der vergessenen Kapelle;
Auf dem Altare prahlt ein wilder Mai.
Der Sturm, der übermüthige Geselle
Brach längst die kleinen Fenster schon entzwei;
Er schleicht herein jetzt bis zur Sakristei
Und zerrt dort an der Ministrantenschelle.
Der schrillen Glocke zager Sehnsuchtsschrei
Ruft zu der längst entwöhnten Opferstelle
Den arg erstaunten fernen Gott herbei.
Da lacht der Wind und hüpft durchs Fenster frei.
Doch der Erzürnte packt des Klanges Welle
Und schmettert an den Fliesen sie entzwei.

Und arme Wünsche knien in langer Reih
Vor'm Thor und betteln an vermooster Schwelle.
Doch längst schon geht kein Beter mehr vorbei.

II.

Ich denke an:

Ein Dörfchen schlicht in des Friedens Prangen,
Drin Hahngekräh;
Und dieses Dörfchen verloren gegangen
Im Blütenschnee.
Und drin im Dörfchen mit Sonntagsmienen
Ein kleines Haus;
Ein Blondkopf nickt aus den Tüllgardinen
Verstohlen heraus.
Rasch auf die Thüre, die angelheiser
Um Hilfe ruft. —
Und dann in der Stube ein leiser, leiser
Lavendelduft . . . . .

III.

Mir ist: ein Häuschen wär' mein Eigen;
Vor seiner Thüre säss ich spät.
Wenn hinter violetten Zweigen
Bei halbverhalltem Grillengeigen
Die rothe Sonne sterben geht.

Wie eine Mütze grünlich-sammten
Steht meinem Haus das moos'ge Dach,
Und seine kleinen, dickumrammten
Und blankverbleiten Scheiben flammten
Dem Tage heisse Grüsse nach.

Ich träumte und mein Auge laugte
Schon nach den blassen Sternen hin, —
Vom Dorfe her ein Ave bangte,
Und ein verlorner Falter schwankte
Im schneeig schimmernden Jasmin.

Die müde Herde trollte trabend
Vorbei, der kleine Hirte pfiff, —
Und in die Hand das Haupt vergrabend,
Empfand ich wie der Feierabend
In meiner Seele Saiten griff.

V.

Die Rose hier, die gelbe
Gab gestern mir der Knab',
Heut trag ich sie dieselbe
Hin auf sein frisches Grab.

An ihren Blättern lehnen
Noch lichte Tröpfchen, — schau!
Nur heute sind es Thränen, —
Und gestern war es — Thau....

VI.

Wir sassen beisammen im Dämmerlichte.
„Mütterchen", schmeichelte ich, „nicht wahr,
Du erzählst mir noch einmal die schöne Geschichte
Von der Prinzessin mit gold'nem Haar?" —

Seit Mütterchen tot ist, durch dämmernde Tage
Führt mich die Sehnsucht, die blasse Frau;
Und von der schönen Prinzessin die Sage
Weiss sie wie Mütterchen — ganz genau...

VII.

Ich wollt', sie hätten statt der Wiege
Mir einen kleinen Sarg gemacht,
Dann wär' mir besser wol, dann schwiege
Die Lippe längst in feuchter Nacht.

Dann hätte nie ein wilder Wille
Die bange Brust durchzittert, — dann
Wär's in dem kleinen Körper stille,
So still wie's niemand denken kann.

Nur eine Kinderseele stiege
Zum Himmel hoch so sacht, — ganz sacht . . .
Was haben sie mir statt der Wiege
Nicht einen kleinen Sarg gemacht? —

VIII.

Jene Wolke will ich neiden,
Die dort oben schweben darf!
Wie sie auf besonnte Haiden
Ihre schwarzen Schatten warf.

Wie die Sonne zu verdüstern
Sie vermochte kühn genug,
Wenn die Erde lichteslüstern
Grollte unter ihrem Flug.

All die gold'nen Strahlenfluten
Jener Sonne wollt' auch ich
Hemmen! Wennauch für Minuten!
Wolke! Ja, ich neide dich!

IX.

Mir ist: Die Welt die laute, kranke,
Hat jüngst zerstört ein jäh Zerstieben,
Und mir nur ist der Weltgedanke,
Der grosse, in der Brust geblieben.

Denn so ist sie, wie ich sie dachte,
Ein jeder Zwiespalt ist vertost:
Auf gold'nen Sonnenflügeln sachte
Umschwebt mich grüner Waldestrost.

X.

Wenn das Volk, das drohnenträge,
Trabt den altvertrauten Trott,
Möcht' ich weisse Wandelwege
Wallen durch das Duftgehege
Ernst und einsam wie ein Gott.

Wandeln nach den glanzdurchsprühten
Fernen, lichten Lohns bewusst; —
Um die Stirne kühle Blüten
Und von kinderkeuschen Mythen
Voll die sabbathstille Brust.

XI.

... Weiss ich denn wie mir geschieht?
In den Lüften Düftequalmen
Und in bronzebraunen Halmen
Ein verlornes Grillenlied.

Auch in meiner Seele klingt
Tief ein Klang, ein traurig-lieber, —
So hört wohl ein Kind im Fieber,
Wie die tote Mutter — singt.

XII.

Schon blinzt aus argzerfetztem Laken
Der holde, keusche Götternacken
Der früherwachenden Natur,
Und nur in tiefentleg'nen Thalen
Zeigt hinter violetten, kahlen
Gebüschen sich mit falschem Prahlen
Des Winters weisse Sohlenspur.

Hin geh' ich zwischen Weidenbäumen
An nassen Räderrinnensäumen
Den Fahrweg, und der Wind ist mild.
Die Sonne prangt im Glast des Märzen
Und zündet an im dunkeln Herzen
Der Sehnsucht weisse Opferkerzen
Vor meiner Hoffnung Gnadenbild.

XIII.

Fahlgrauer Himmel, von dem jede Farbe
Bange verblich.
Weit — ein einziger lohrother Strich
Wie eine brennende Geisselnarbe.

Irre Reflexe vergehn und erscheinen.
Und in der Luft
Liegts wie ersterbender Rosenduft
Und wie verhaltenes Weinen . . . .

XIV.

Die Nacht liegt duftschwer auf dem Parke,
Und ihre Sterne schauen still,
Wie schon des Mondes weisse Barke
Im Lindenwipfel landen will.

Fern hör' ich die Fontäne lallen
Ein Märchen, das ich längst vergass, —
Und dann ein leises Apfelfallen
Ins hohe, regungslose Gras.

Der Nachtwind schwebt vom nahen Hügel
Und trägt durch alte Eichenreih'n
Auf seinem blauen Falterflügel
Den schweren Duft vom jungen Wein.

XV.

Im Schoos der silberhellen Schneenacht
Dort schlummert alles weit und breit,
Und nur ein ewig wildes Weh wacht
In einer Seele Einsamkeit.

Du fragst, warum die Seele schwiege.
Warum sie's in die Nacht hinaus
Nicht giesst? — Sie weiss, wenn's ihr entstiege
Es löschte alle Sterne aus. —

XVI.

Abendläuten. Aus den Bergen hallt es
Wieder neu zurück in immer mattern
Tönen. Und ein Lüftchen fühlst Du flattern
Von dem grünen Thalgrund her, ein kaltes.

In den weissen Wiesenquellen lallt es
Wie ein Stammeln kindischen Gebetes;
Durch den schwarzen Tannenhochwald geht es
Wie ein Dämmern, ein jahrhundertaltes.

Durch die Fuge eines Wolkenspaltes
Wirft der Abend rothe Blutcorallen
Nach den Felsenwänden. — Und sie prallen
Lautlos von den Schultern des Basaltes.

XVII.

Weltenweiter Wand'rer
Walle fort in Ruh'....
Also kennt kein And'rer
Menschenleid — wie Du

Wenn mit lichtem Leuchten
Du beginnst den Lauf,
Schlägt der Schmerz die feuchten
Augen zu Dir auf.

Drinnen liegt — als riefen
Sie Dir zu: versteh!
Tief in ihren Tiefen
Eine Welt voll Weh . . .

Tausend Thränen reden
Ewig ungestillt, — — —
Und in einer jeden
Spiegelt sich Dein Bild!

XVIII.

Möchte mir ein blondes Glück erkiesen;
Doch vom Sehnen bin ich müd und Suchen. —
Weisse Wasser gehn in stillen Wiesen,
Und der Abend blutet in die Buchen.

Mädchen wandern heimwärts. Roth im Mieder
Rosen; ferneher verklingt ihr Lachen . . .
Und die ersten Sterne kommen wieder
Und die Träume, die so traurig machen.

XIX.

Vor mir liegt ein Felsenmeer,
Sträucher, halb im Schutt versunken,
Todesschweigen. — Nebeltrunken
Hangt der Himmel drüber her.

Nur ein matter Falter schwirrt
Rastlos durch das Land, das kranke...
Einsam wie ein Gottgedanke
Durch die Brust des Leugners irrt.

XX.

Die Fenster glühten an dem stillen Haus,
Der ganze Garten war voll Rosendüften.
Hoch spannte über weissen Wolkenklüften
Der Abend in den unbewegten Lüften
Die Schwingen aus.

Ein Glockenton ergoss sich auf die Au ...
Lind wie ein Ruf aus himmlischen Bezirken.
Und heimlich über flüstervollen Birken
Sah ich die Nacht die ersten Sterne wirken
Ins blasse Blau.

XXI.

Es gibt so wunderweisse Nächte,
Drin alle Dinge Silber sind.
Da schimmert mancher Stern so lind,
Als ob er fromme Hirten brächte
Zu einem neuen Jesukind.

Weit wie mit dichtem Demantstaube
Bestreut erscheinen Flur und Flut,
Und in die Herzen, traumgemut,
Steigt ein kapellenloser Glaube
Der leise seine Wunder thut.

XXII.

Wie eine Riesenwunderblume prangt
Voll Duft die Welt, an deren Blütenspelze,
Ein Schmetterling mit blauem Schwingenschmelze,
Die Mainacht hangt.

Nichts regt sich; nur der Silberfühler blinkt . . .
Dann trägt sein Flügel ihn, sein frühverblasster,
Nach Morgen, wo aus feuerrother Aster
Er Sterben trinkt . . . .

XXIII.

Wie, jegliches Gefühl vertiefend,
Ein süsser Drang die Brust bewegt,
Wenn sich die Mainacht. sternetriefend,
Auf mäuschenstille Plätze legt.

Da schleichst Du hin auf sachter Sohle
Und schwärmst zum blanken Blau hinauf,
Und gross wie eine Nachtviole
Geht Dir die dunkle Seele auf . . .

XXIV.

O gäb's doch Sterne, die nicht bleichen,
Wenn schon der Tag den Ost besäumt;
Von solchen Sternen ohne gleichen
Hat meine Seele oft geträumt.

Von Sternen, die so milde blinken,
Dass dort das Auge landen mag,
Das müde ward vom Sonnetrinken
An einem gold'nen Sommertag.

Und schlichen hoch ins Weltgetriebe
Sich wirklich solche Sterne ein, —
Sie müssten der verborg'nen Liebe
Und allen Dichtern heilig sein.

XXV.

Mir ist so weh, so weh, als müsste
Die ganze Welt in Grau vergehn,
Als ob mich die Geliebte küsste
Und spräch: Auf Nimmerwiedersehn.

Als ob ich tot wär' und im Hirne
Mir dennoch wühlte wilde Qual,
Weil mir vom Hügel eine Dirne
Die letzte, blasse Rose stahl . . . . .

XXVI.

Matt durch der Thale Gequalme wankt
Abend auf goldenen Schuhn, —
Falter, der träumend am Halme hangt,
Weiss nichts vor Wonne zu thun.

Alles schlürft heil an der Stille sich. —
Wie da die Seele sich schwellt,
Dass sie als schimmernde Hülle sich
Legt um das Dunkel der Welt.

XXVII.

Ein Erinnern, das ich heilig heisse,
Leuchtet mir durchs innerste Gemüth,
So wie Götterbildermarmorweisse
Durch geweihter Haine Dämmer glüht.

Das Erinnern einst'ger Seligkeiten,
Das Erinnern an den toten Mai, —
Weihrauch in den weissen Händen, schreiten
Meine stillen Tage dran vorbei . . . .

XXVIII.

Glaubt mir, dass ich, matt vom Kranken,
Keinen lauten Lenz mehr mag, —
Will nur einen sonnenblanken,
Wipfelrothen Frühherbsttag.

Will die Lust, die jubelschrille,
Nicht mehr in die Brust zurück. —
Will nur Sterbestubenstille
Drinnen — für mein totes Glück . . .

Lieben.

> **Motto:**
> „Was rollst Du Alles durch den Schädel,
> Was brütet Alles nicht darin?
> Jetzt fährt ein Reim, jetzt huscht ein Mädel
> Jetzt geht ein Gott durch Deinen Sinn."
> (Zoozmann, „Episoden".)

1.

Und wie mag die Liebe Dir kommen sein?
Kam sie wie ein Sonnen, ein Blütenschnei'n,
Kam sie wie ein Beten? — Erzähle:

Ein Glück löste leuchtend aus Himmeln sich los
Und hing mit gefalteten Schwingen gross
An meiner blühenden Seele . . . . .

II.

Das war der Tag der weissen Chrysanthemen,
Mir bangte fast vor seiner schweren Pracht . . .
Und dann, dann kamst Du mir die Seele nehmen
Tief in der Nacht . . . . .

Mir war so bang, und Du kamst lieb und leise,
Ich hatte grad' im Traum an Dich gedacht.
Du kamst — und leis wie eine Märchenweise
Erklang die Nacht . . . . .

III.

Einen Maitag mit Dir beisammen sein,
Und selbander verloren ziehn
Durch der Blüten duftqualmende Flammenreih'n
Zu der Laube von weissem Jasmin.

Und von dorten hinaus in den Maiblust schaun,
Jeder Wunsch in der Seele so still, . . .
Und ein Glück sich mitten in Mailust bau'n,
Ein grosses, — das ist's, was ich will . . .

IV.

Ich weiss nicht, wie mir geschieht . . . .
Weiss nicht, was Wonne ich lausche,
Mein Herz ist fort wie im Rausche,
Und die Sehnsucht ist wie ein Lied.

Und mein Mädel hat fröhliches Blut,
Und hat das Haar voller Sonne
Und die Augen von der Madonne,
Die heute noch Wunder thut.

V.

Ob Du's noch denkst, dass ich Dir Aepfel brachte
Und Dir das Goldhaar glattstrich leis und lind?
Weisst Du, das war, als ich noch gerne lachte,
Und Du warst damals noch ein Kind.

Dann ward ich ernst. In meinem Herzen brannte
Ein junges Hoffen und ein alter Gram . . . .
Zur Zeit, als einmal Dir die Gouvernante
Den „Werther" aus den Händen nahm.

Der Frühling rief. Ich küsste Dir die Wangen,
Dein Auge sah mich gross und selig an.
Das war ein Sonntag. Ferne Glocken klangen,
Und Lichter gingen durch den Tann . . . .

VI.

Wir sassen beide in Gedanken
Im Weinblattdämmer — Du und ich —
Und über uns in duft'gen Ranken
Versummte wo ein Hummel sich.

Reflexe hielten, bunte Kreise
In Deinem Haare flüchtig Rast . . .
Ich sagte nichts, als einmal leise:
„Was Du für schöne Augen hast."

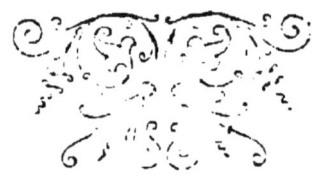

VII.

Blondköpfchen hinter den Scheiben
Hebt es sich ab so fein, —
Sternt es ins Stäubchentreiben
Oder zu mir herein?

Ist es das Köpfchen, das liebe,
Das mich gefesselt hält
Oder das Stäubchengetriebe
Dort in der sonnigen Welt?

Keins sieht zum Andern hinüber.
Heimlich, die Stirne voll Ruh
Schreitet der Abend vorüber....
Und wir? Wir sehn ihm halt zu. —

VIII.

Die Liese wird heute just sechzehn Jahr.
Sie findet im Klee einen Vierling . . . .
Fern drängt sichs wie eine Bubenschar:
Die Löwenzähne mit blondem Haar
Betreut vom sternigen Schierling.

Dort hockt hinterm Schierling der Riesenpan,
Der strotzige, lose Geselle.
Jetzt sieht er verstohlen die Liese nahn
Und lacht und wälzt durch den Wiesenplan
Des Windes wallende Welle . . . .

IX.

Ich träume tief im Weingerank
Mit meiner blonden Kleinen;
Es bebt ihr Händchen, elfenschlank,
Im heissen Zwang der meinen.

So wie ein gelbes Eichhorn huscht
Das Licht hin im Reflexe
Und violetter Schatten tuscht
Ins weisse Kleid ihr Klexe.

In uns'rer Brust liegt glückverschneit
Goldsonniges Verstummen.
Da kommt in seinem Sammetkleid
Ein Hummel — Segen summen....

X.

Es ist ein Weltmeer voller Lichte,
Das der Geliebten Aug' umschliesst,
Wenn von der Flut der Traumgesichte
Die keusche Seele überfliesst.

Dann beb' ich vor der Wucht des Schimmers
So wie ein Kind, das stockt im Lauf,
Geht vor der Pracht des Christbaumzimmers
Die Flügelthüre lautlos auf.

XI.

Ich war noch ein Knabe. Ich weiss, es hiess:
Heut' kommt Base Olga zu Gaste.
Dann sah ich Dich nahn auf dem schimmernden Kies
Ins Kleidchen gepresst, ins verblasste.

Bei Tisch sass man später nach Ordnung und Rang
Und frischte sich mässig die Kehle;
Und wie mein Glas an das Deine klang,
Da ging mir ein Riss durch die Seele.

Ich sah Dir erstaunt ins Gesicht und vergass
Mich dem Plaudern der Andern zu einen,
Denn tief im trockenen Halse sass
Mir würgend ein wimmerndes Weinen.

Wir gingen im Parke. — Du sprachst vom Glück
Und küsstest die Lippen mir lange
Und ich gab Dir fiebernde Küsse zurück
Auf die Stirne, den Mund und die Wange.

Und da machtest Du leise die Augen zu,
Die Wonne blind zu ergründen....
Und mir ahnte im Herzen: Da wärest Du
Am liebsten gestorben in Sünden.....

XII.

Die Nacht im Silberfunkenkleid
Streut Träume eine Handvoll,
Die füllen mir mit Trunkenheit
Die tiefe Seele randvoll.

Wie Kinder eine Weihnacht sehn
Voll Glanz und gold'nen Nüssen, —
Seh ich Dich durch die Mainacht gehn
Und alle Blumen küssen.

XIII.

Schon starb der Tag. Der Wald war zauberhaft,
Und unter Farren bluteten Cyklamen,
Die hohen Tannen glühten, Schaft bei Schaft,
Es war ein Wind, — und schwere Düfte kamen.
Du warst von unserm weiten Weg erschlafft,
Ich sagte leise Deinen süssen Namen:
Da bohrte sich mit wonnewilder Kraft
Aus Deines Herzens weissem Liliensamen
Die Feuerlilie der Leidenschaft.

Roth war der Abend — und Dein Mund so roth,
Wie meine Lippen sehnsuchtheiss ihn fanden,
Und jene Flamme, die uns jäh durchloht,
Sie leckten an den neidischen Gewanden . . .
Der Wald war stille, und der Tag war tot.
Uns aber war der Heiland auferstanden,
Und mit dem Tage starben Neid und Noth.
Der Mond kam gross an unsern Hügeln landen,
Und leise stieg das Glück aus weissem Boot.

XIV.

Es leuchteten im Garten die Syringen,
Von einem Ave war der Abend voll. —
Da war es, dass wir voneinandergingen
In Gram und Groll.

Die Sonne war in heissen Fieberträumen
Gestorben hinter grauen Hängen weit,
Und jetzt verglomm auch hinter Blütenbäumen
Dein weisses Kleid.

Ich sah den Schimmer nach und nach vergehen
Und bangte bebend wie ein furchtsam Kind,
Das lange in ein helles Licht gesehen:
Bin ich jetzt blind? —

XV.

Oft scheinst Du mir ein Kind, ein kleines, —
Dann fühl' ich mich so ernst und alt, —
Wenn nur ganz leis Dein glockenreines
Gelächter in mir wiederhallt.

Wenn dann in grossem Kinderstaunen
Dein Auge aufgeht, tief und heiss, —
Möcht' ich Dich küssen und Dir raunen
Die schönsten Märchen, die ich weiss.

XVI.

Nach einem Glück ist meine Seele lüstern,
Nach einem kurzen, dummen Wunderwahn....
Im Quellenquirlen und im Föhrenflüstern
Da hör' ich's nahn....

Und wenn von Hügeln, die sich purpurn säumen,
In bleiche Bläue schwimmt der Silberkahn, —
Dann unter schattenschweren Blütenbäumen
Seh' ich es nahn.

In weissem Kleid; so wie das Lieb, das tote,
Am Sonntag mit mir ging durch Staub und Strauch,
Am Herzen jene Blume nur, die rothe,
Trug es die auch?.....

XVII.

Wir gingen unter herbstlich bunten Buchen
Vom Abschiedsweh die Augen Beide roth . . . .
„Mein Liebling, komm, wir wollen Blumen suchen."
Ich sagte bang: „„Die sind schon tot.""

Mein Wort war lauter Weinen. — In den Aethern
Stand kindisch lächelnd schon ein blasser Stern.
Der matte Tag ging sterbend zu den Vätern,
Und eine Dohle schrie von fern. —

XVIII.

Im Frühling oder im Traume
Bin ich Dir begegnet einst,
Und jetzt gehn wir zusamm durch den Herbsttag
Und Du drückst mir die Hand und weinst.

Weinst Du ob der jagenden Wolken?
Ob der blutrothen Blätter? Kaum.
Ich fühl' es: Du warst einmal glücklich
Im Frühling oder im Traum . . .

XIX.

Sie hatte keinerlei Geschichte,
Ereignislos ging Jahr um Jahr —
Auf einmal kams mit lauter Lichte . . .
Die Liebe oder was das war.

Dann plötzlich sah sie's bang zerrinnen,
Da liegt ein Teich vor ihrem Haus . . .
So wie ein Traum scheints zu beginnen
Und wie ein Schicksal geht es aus.

XX.

Man merkte der Herbst kam. Der Tag war schnell
Erstorben im eigenen Blute.
Im Zwielicht nur glimmte die Blume noch grell
Auf der Kleinen verbogenem Hute.

Mit ihrem zerschlissenen Handschuh strich
Sie die Hand mir schmeichelnd und leise. —
Kein Mensch in der Gasse als sie und ich . . .
Und sie bangte: Du reisest? „Ich reise."

Da stand sie, das Köpfchen voll Abschiedsnoth
In den Stoff meines Mantels vergrabend . . . .
Vom Hütchen nickte die Rose roth
Und es lächelte müde der Abend.

XXI.

Manchmal da ist mir: Nach Gram und Müh'
Will mich das Schicksal noch segnen,
Wenn mir in feiernder Sonntagsfrüh
Lachende Mädchen begegnen . . .
Lachen hör' ich sie gerne.

Lange dann liegt mir das Lachen im Ohr,
Nie kann ich's, wähn' ich, vergessen; —
Wenn sich der Tag hinterm Hange verlor,
Will ich mir's singen . . . . Indessen
Singens schon oben die Sterne . . . .

XXII.

Es ist lang — es ist lang, ...
Wann — weiss ich gar nimmer zu sagen
Eine Glocke klang, eine Lerche sang —
Und ein Herz hat so selig geschlagen.
Der Himmel so blank über'm Jungwaldhang,
Der Flieder hat Blüten getragen, —
Und im Sonntagskleide ein Mädchen, schlank,
Das Auge voll staunender Fragen ....
Es ist lang, — es ist lang ....

Von demselben Autor:

„**Leben und Lieder**", Gedichte 1894.
„**Larenopfer**", Gedichte 1895.
„**Wegwarten**" (I), Gedichte 1896.
„**Jetzt und in der Stunde unseres Absterbens**", Drama 1896. (Erstaufführung „Deutsches Volkstheater zu Prag".)

Im Erscheinen begriffen:

„**Im Frühfrost**", ein Stück Dämmerung in 3 Vorgängen (Theater-Verlag von Dr. O. F. Eirich, Wien.)

Mitte 1897 erscheint:

„**Ein Band Prosa-Skizzen.**" (Verlag von Schuster und Löffler, Berlin.)

Aus den Urteilen über „Larenopfer" (Verlag von H. Dominicus). Die von M. G. Conrad begründete „Gesellschaft" schreibt:

... Der von „Jung-Deutschland" preisgekrönte Dichter scheint unter W. Arents Einflusse zu der richtigen Erkenntnis gekommen zu sein, dass sein eigentliches Feld das kleine Stimmungslied ist; das fein ausgestattete Büchlein birgt eine Menge kleiner Lieder mit höchstens vier Strophen. Es sind Schnitzel in Arents Art, aber empfundener, zum Theil wirklich vollendet. ...

Hygiea. Ein beachtenswertes Talent tritt uns in diesem Buche entgegen; kein landläufiges, hausbackenes, sondern eine dichterische Individualität.

Wiener Tagblatt. . . . es ist viel Schönes und Wertvolles in dem Buche, das entschieden Beachtung verdient.

Politik. R. ist ein Dichter, dessen Name jedem Litteraturfreunde, der die dichterischen Bestrebungen Deutschlands mit aufmerksamem Auge verfolgt, nicht unbekannt sein dürfte.

Deutsche Rundschau (Prag). . . . diese Gedichte, von denen man einzelne als Perlen deutscher Lyrik bezeichnen kann. . . . .

Bohemia. R. hat ein feines Gefühl für Stimmungsreiz, eine eigene Art zu sehen, und sein Bestreben, diese Eigenart in Worten festzuhalten, die überlieferten Gleichnisse durch neue Bilder von starker Unmittelbarkeit zu ersetzen, der unerschöpflichen Mannigfaltigkeit der Sinneseindrücke in Colorit der Sprache nachzueifern, gibt seinen poetischen Architektur- und Landschaftsbildern eine anziehende Originalität. . . . Er hat in seinen interessanten Talentproben genug geboten, um viel erwarten zu lassen.

Aehnlich urtheilen viele andere Zeitungen und Zeitschriften.

Aus den Urtheilen über die Erstaufführung von
„Jetzt und in der Stunde unseres Absterbens."

Prager Tagblatt. Die Bearbeitung dieser düsteren Handlung, welche die Seele erschüttert, zeigt unverkennbar ein ganz bedeutendes Talent. Den fürchterlichen Vorwurf hat der begabte junge Dichter mit staunenswerter Steigerung und bewunderungswürdiger Technik herausgearbeitet. . . . Die Scene hatte einen durchgreifenden Erfolg.

„Wegwarten."

Deutsch-moderne Dichtungen.

Zwanglos erscheinende Sammelhefte für neue Lyrik. Jedes Heft trägt ein neues künstlerisch ausgeführtes Titelblatt. Preis 20 Pfennig.

Herausgegeben von
René Maria Rilke und Bodo Wildberg.

Mitarbeiter u. a.: Wilhelm Arent, Hans Beurmann, Gustav Falke, Ludwig Jakobowski, Detlev Freiherr von Liliencron, Christian Morgenstern, Hermine von Preuschen, Prinz Emil von Schönaich-Carolath, Richard Schaukal, Konrad Felmann, Arthur von Wallpach.

Verlag von P. FRIESENHAHN, LEIPZIG.

Gedichte

von

Richard Zoozmann.

I. Band: **Lieder, Romanzen und Balladen.**
  Vierte, vermehrte und veränderte Auflage.
  eleg. cart. M. 4,—, geb. M. 5,—.
II. Band: **Neue Dichtungen. — Aus Herz und Welt.**
  Dritte, vermehrte und veränderte Auflage.
  eleg. cart. M. 4,—, geb. M. 5,—.
III. Band: **Ausgewählte Gedichte.** Drei Teile.
  Mit des Dichters Porträt.
  eleg. cart. M. 4,—, geb. M. 5,—.

———

Die Thatsache der Notwendigkeit einer 3. resp. 4. Auflage enthebt mich jeder besonderen Empfehlung des in den Kreisen von Liebhabern wahrhaft gediegener Lyrik seit Jahren geschätzten Autors. Die wirklich vornehme Ausstattung seiner Gedichte wird ihm ohne Zweifel neue Freunde erringen.